AF246055

ARTICLE SUPPLÉMENTAIRE ET DERNIER

DE

MES CONFESSIONS.

> » Ne réformons pas le monde :
> » Laissons chacun comme il est. »
>
> Cela est bien quant à la vie privée :
> mais quant à nos intérêts sociaux et po-
> litiques, chaque citoyen a sa réplique...
> Du reste tout cela est de la politique de
> village, et d'un homme qui est au *parterre*.
>
> FRANCE, UNION ET LIBERTÉ.

REMARQUES SUCCINCTES

MAIS IMPARTIALES DE L'AUTEUR,

SUR LES ÉCRITS PRÉCÉDENS.

21 Mars 1834.

L'AUTEUR, un peu arriéré, sans doute, mais dans sa bonne foi, et sans esprit de parti, malgré sa manière, n'a eu en vue dans ces *écrits*, échappés quelquefois un peu *vertement* à ses émotions, dirai-je à ses inspirations du moment, que le bien-être civil, politique et religieux de la FRANCE.

Des réformes, des améliorations, sous ces divers rapports, étaient nécessaires : c'est ce que, dans l'origine, le CHEF de l'État, et ses conseillers, voulurent établir : on a été au-delà du but.

En 89, la TERREUR des années qui suivirent, n'a point été dans les intentions des FONDATEURS du *nouvel ordre des choses;* elle était loin d'être dans *celles* du JUSTE-MILIEU actuel, puisque ceux qui le composent pourraient, comme beaucoup de leurs devanciers, en être les victimes ; mais il n'en est pas moins certain que les uns et les autres, malgré eux, sans doute, et, imprévoyans en tout cela, ou, ne pensant qu'à eux seuls, ont pu en indiquer le chemin.

La *Terreur,* pourvu qu'elles vivent de leur travail, n'est point dans l'impulsion *spontanée* des MASSES : des ambitieux, ou, sans cela, des têtes *froidement volcanisées* les y poússent et les y déterminent, pour la réalisation de leurs projets dont, en définitive (malgré les vues toutes philosophiques et désintéressées, selon eux, de quelques-uns), arrivés à leur but, ils s'approprieraient les bénéfices.

Le DIRECTOIRE, NAPOLÉON, étaient des *transitions* nécessaires : *l'étoile* qui éclaira cette dernière, brillera à jamais pour la gloire de la France. (Voyez 1er vol., pages 113 et 119.)

La LÉGITIMITÉ, non sans gloire aussi, dans un immense passé, et récemment encore (la Morée,

Alger : dirons-nous le *Trocadéro ?*) dans ses *presque* paisibles conquêtes, assurait notre repos comme celui du monde, et Louis XVIII, roi philosophe, était sincère dans l'*œuvre* dont il est l'auteur; *Charles X* ne l'était peut-être pas dans sa volonté de la maintenir. Il était ROI, et je suis un peu de la France idolâtre : je n'ai rien à dire à cela. Toutefois, la RÉSISTANCE, à laquelle on l'*accula* peut-être, devait, vu l'*esprit des temps* qu'il ne comprenait pas, et que des *hommes* de l'*autre siècle* ne lui laissaient point comprendre; cette *résistance* amena nécessairement les TROIS JOURNÉES, et sa *chute*, contre laquelle il n'y a point d'élémens de *réhabilitation.* (Voyez 1er vol., p. 147 et suivantes, et 2e vol., p. 3 et suivantes.)

Cependant, un ROI, mais *constitutionnel*, est nécessaire à la France. L'esprit antique, et même actuel de celle-ci, est monarchique. (1) Son étendue d'ailleurs, ses rapports et sa paix avec elle-même et ses entours, exigent cet *ordre* de choses. Je ne

---

(1) Non pas alors que l'on rejette les théories républicaines : elles sont même de l'essence de l'ordre des choses qui nous régit, et peuvent y apporter des vues d'amélioration. Quant à la RÉPUBLIQUE en réalité, c'est une tentative scabreuse, épouvantable. Nous en avons fait l'expérience, et la *Jeune France* ne sait cela que par tradition :

> *Segniùs irritant animos demissa per aures*
> *Quàm quæ sunt oculis subjectà fidelibus.*

Qu'ils en demandent des nouvelles à leurs papas !

sais si Philippe Ier (et mon observation n'en est pas moins respectueuse); je ne sais si Philippe Ier (à part la voix du peuple, qu'on honore,) y est *franchement* posé. Sa conscience en est le juge, et ses entours ; et M. D.... spécialement, en ont le secret qui date de loin peut-être, et dont le voile, sous la restauration, avait même été imprudemment soulevé... Du reste, croyons plutôt que, par les événemens (et nous invoquerions au besoin les nécessités de M. de Broglie), cette position lui a été forcément acquise ; qu'il ne serait et ne sera pas le maître de la changer. (1) Louis-Philippe est digne, d'ailleurs, de l'occuper. Nous fûmes heureux que, dans un grave moment d'incertitude, il ait été là pour la paix de la France dont il veut le bonheur. (Voyez 2e vol., page 41, et l'expression de mes vœux, pages 45 et 48 même vol.)

Le JUSTE MILIEU est à la place qu'il convoite depuis quarante ans *(descendit*, répéterons-nous, *potentes de sede et exaltavit humiles)*, et il doit y rester, puisqu'il est le *cœur* et le salut du pays. Ceux qu'il a *déboutés* doivent donc se fondre dans ses rangs : il serait contre nature que les anciennes *prééminences* de la France ; que ceux qui jadis, enfin, (quelques-uns du moins,) en ont fait

______

(1) La force des choses, et l'histoire en fournirait bien des exemples, a souvent déterminé les *dynasties.*

la gloire et, maintenant encore, sont possesseurs et *largi*-dispensateurs du tiers de ses richesses et du produit de son sol, *restassent hors de rang*, et formassent une *fraction* de nation *oisive* et qui s'enlèverait, en payant son ample part des frais de *l'administration*, le droit de veiller aux intérêts communs comme aux siens, au sein de cette NATION *fondamentale* qui les a *supplantés*. Que ces anciennes *prééminences* alors, qui, du reste, par l'élégance de leurs mœurs, la longue possession, leurs habitudes disséminatrices, la prescription enfin, quoiqu'on en ait, le seront toujours un peu et s'accroîtront même en nombre par les adjonctions bourgeoises qui voudront monter, laissent donc là, ainsi que le *juste-milieu*, leur *morgue* mutuelle, et se donnent fraternellement la main. (Voyez 1er vol., la note de la page 252.)

Quant à nous PEUPLE, égaux en droits, mais non point encore en facultés, à ceux qui nous devancent; quant à nous donc que, selon l'ordre, les dépenses et les prodigalités même de nos anciennes et de nos nouvelles notabilités font vivre, restons *provisoirement* à notre place, et jusqu'à ce que, par le résultat de nos travaux et de notre industrie, nous montions, *successivement*, plus haut, et que nous puissions, à notre tour, faire aussi un peu, peut-être, notre *quant à moi*. En attendant alors, que ce qui est acquis, reste acquis : c'est là la règle de la société; le château et ses gras domaines sont

à son opulent possesseur, comme à nous notre
humble chaumière ou notre modéste habitation.
Nous le voudrions ainsi si nous étions au pinacle,
ou dans une position plus relevée que celle où
nous sommes placés : car, sans cela, quoi de plus
facile au plus grand nombre que de prendre et par-
tager ce que possède le plus petit... (1) Mais aussi,
que le petit nombre ne soit point lésineur; qu'il
n'étouffe point son aisance en la rendant ainsi
stérile; qu'il donne largement du travail; qu'il le

---

(1) Que veut-on, en définitive, selon certains commentaires, exagérés,
sans doute; que veut le RADICALISME, *si radicalisme y a ?...* que celui qui a
peu, prenne la place de celui qui a plus, de celui qui a beaucoup : *ultrà*
d'ailleurs, ou *juste-milieu* qui aurait son tour; ou bien, que tous arrivent à
une possession égale. Mais, dans la première hypothèse, les *nouveaux*
possesseurs, qui, d'ailleurs, auront acquis fort commodément et sans casse-
tête ni travail, pourront craindre, et justement, par la suite, le sort qu'ils
réservent à ceux qui possèdent maintenant; dans la seconde hypothèse,
irréalisable d'ailleurs, pour l'économie, l'équilibre et la pondération de la
société, il adviendrait que bientôt ceux qui auraient plus d'industrie, d'in-
trigue, redeviendraient également plus riches, et il faudrait plus tard, à
leurs dépens et, selon leurs principes, recommencer le partage... Ce partage, d'ailleurs, froisse l'ÉGALITÉ, au nom de laquelle on voudrait le faire
cependant; car, celui que vous dépouilleriez n'a, point, faute d'habitude,
la vigueur de vos bras; vous en feriez un malheureux, tout en vous go-
bergeant de son aisance, et vous dédaigneriez même de le prendre pour
votre *esclave,* parce que, à raison de son inaptitude et de sa faiblesse phy-
sique, vous n'en tireriez aucun secours.

Que signifie aussi tout ce bavardage contre les *rois,* les despotes et les
tyrans comme on dit, en nous donnant pour du neuf du vieux *réchauffé!*
Il est clair, au bout du compte, et en dernier résultat, qu'un *roi* est un
homme, et que 10,000 hommes, 100,000,000, 300,000,000 d'hommes

paie généreusement, ou son prix : c'est pour cela qu'ont été faites les JOURNÉES, autant, au moins, que contre la *tyrannie* des Bourbons, et qu'il fasse, d'ailleurs, parvenir la rosée de son bien-être à l'indigence impotente. C'est ainsi qu'une aisance graduée circule dans la société; de l'extrême richesse et de ses degrés descendans, à la capacité du travail et même à ceux auxquels, par l'épuisement de leurs forces, il est désormais interdit; (1) C'est encore ainsi que le SUFFRAGE UNIVERSEL lui-même (voyez 1er vol., pages 216 et suivantes, jusqu'à la fin de l'article), si l'on est amené à l'admettre, et que le *juste-milieu* semble redouter, se dirigera, sans intrigues, sur ceux qui, les premiers, par leur fortune et ses degrés variés, dont ils sont largement dispensateurs, sont intéressés à l'économie de l'ordre général et, à raison de leur aisance d'ailleurs et de leurs utiles et fructueux loisirs, ont pu se livrer aux études variées et acquérir les talens qui apprennent à la diriger.

Le JUSTE-MILIEU (je reviens souvent sur son

---

que vous êtes, vous pouvez le renverser : quel beau mérite à cela ! Mais après cette équipée contre ceux à qui vous donnez tant de *tablature*, en serez-vous plus avancés !

On connaît ce mot de l'abbé *Maury*, qu'un groupe, dans une émeute, voulait mettre à la *lanterne* : « Et quand vous m'aurez mis à la lanterne, dit-il, en verrez-vous plus clair ! »

(1) Voyez, à la suite de cet écrit, l'allocation *fictive* du *radicalisme* aux électeurs.

compte : *mais qui aime bien, châtie bien;)* le *juste-milieu* donc est *philosophe* et, peut-être alors, peu *croyant.* Cependant, je m'étais, sans doute, trop défié de lui sous le rapport, matériel du moins, de la RELIGION. Il paraît sincère (quoique un peu lésineur sur le nombre de nos évêques), dans sa résolution de la respecter, d'en solder les frais honorables et les *ministres,* (puisque, *solidaire* de nos *vieux* précédens, il tient les *cordons de la bourse);* de l'honorer enfin, si non publiquement, du moins dans ses temples, ne fut-ce, faute d'aller au-delà, que sous le rapport de la tranquillité commune dont elle est, outre sa destination sublime, le principe et la source. (Voyez 1er vol., p. 243, et 2e vol., à partir de la page 65, tous mes articles religieux et notamment celui de la page 199.)

Quant à ceux qu'on a appelés successivement Ultrà, Légitimistes, Carlistes, Henriquinquistes, Jésuites de robe longue et de robe courte, Congréganistes, Sacristains, Éteignoirs du bon sens, Anachronismes, Capucins, Stationnaires, Rétrogrades, Ultramontains, Cordicoles, etc., ils sont de fort honnêtes gens, autant même que puisse être la CRÈME du *juste-milieu.* (1) Ils sont bons citoyens,

---

(1) J'appelle JUSTE-MILIEU, nos deux centres, les hauts barons de la banque, du commerce et de l'industrie, tous nos électeurs à cent écus, et même à présent, à deux cents francs. A cinquante francs près, je serais du *juste-milieu.*

religieux, remplissent sévèrement leurs obligations publiques et privées, cédant volontiers, au surplus, la *queue de la poële* à qui prétend la faire mieux *manœuvrer.* (1) Ils sont les premiers, au domaine de la conscience près, à se soumettre à ce qui est; et si, dit-on, quoiqu'ils en aient, ils se laissent quelquefois aller à jeter quelques regards vers le passé, ce serait alors, selon eux, à la persuasion paisible à le réhabiliter; et ils repoussent, ils répudient avec horreur les brigandages réels ou supposés, anciens ou de nos jours, par lesquels des hommes qu'ils méconnaissent, (il y a d'ailleurs des malfaiteurs dans tous les pays, et tout n'est point *chouan,* quoiqu'en prenant le nom, dans l'Ouest), rendraient odieuse une cause *qui n'est plus.* (Voyez 2ᵉ vol., page 268, la note additionnelle commençant par ces mots : « *les carlistes,* etc.,» les paroles de M. *Bignon,* séance du 13 mars 1834, et le discours de M. *de Lamartine,* inscrit en entier dans le numéro du 17 mars de la *Gazette de Flandre et d'Artois.*)

---

(1) M. de *Rémusat* (séance du 13 mars 1834), a l'extrême bonté d'accorder que le parti *carliste,* qu'il nomme, je crois, *coterie,* renferme d'*honnêtes gens* (il y a, en effet, d'honnêtes gens partout); qu'on y trouvait même des gens éclairés : mais que ce sont des caractères faibles, *méticuleux, sottement scrupuleux,* et qui se laissent influencer par d'anciennes liaisons; et on lui répond : *amen...* Soit, du reste ; mais, du moins, ce sont d'honnêtes gens, clair-semés si vous voulez : on n'en a point toujours dit autant. Il y a progrès, et c'est toujours quelque chose.

LA PROPAGANDE RADICALE,

AUX ÉLECTEURS. [*]

Il n'est point ici question de ce *sang géné-*
reux, qui n'a point coulé pour l'ANARCHIE,
quoiqu'il ait droit à de justes égards, et
qu'il les exige, pour l'immensité de son
sacrifice.

D'ailleurs, cette proclamation est fan-
tastique, sans proclamateur sans doute ;
c'est un *avertissement* bénévole à sa manière,
pour faire entrer dans les voies, si on n'y
est pas ; c'est, si l'on veut :

> *Veluti ægri,*
> *Somnia.*

(Voyez, ci-après : *Remarque essentielle.*)

———

« Notre France de tous chérie,
» C'est comm' la table du festin ;
» A l'un des bouts le peuple crie,
» A l'autre rit le souverain.
» A ses enfans, d'un air affable,
» Il veut fair' tout passer, morbleu !
» Mais rien n'arrive au bout d' la table :
» Tout s'arrête au juste milieu. »

———

Citoyens électeurs !

Venit summa dies : votre jour de grâce est arrivé...
Ainsi, citoyens, vous êtes parfaitement libres dans
vos choix : mais il faut que vous nous nommiez tous
bons *lurons*, tous *sacs-à-diables* qui fricassent ron-
dement la besogne, ou bien nous vous donnerons la

---

(1) Voyez le renvoi page 279.

pelle au cul, à vous et à votre *juste-milieu*, et ne ferons pas plus de cas de votre pacotille, dans laquelle vous êtes compris, que vous n'en avez fait vous-mêmes des jésuites, des congréganistes et des voltigeurs de Louis XIV. Dame aussi, gros malins que vous êtes, (mais vos malices sont cousues de fil blanc,) et qui, après coup, avez voulu faire les patriotes à vous tous seuls et à votre profit, pourquoi avez-vous laissé faire ! Aviez-vous cru alors que, après être restés derrière la toile, tandis que d'autres recevaient les horions, le gâteau n'était que pour vous, et que vous n'auriez plus qu'à vous gratter le c.. au soleil, ou à vous goberger tous seuls, le dos au feu et le ventre à table comme le *Constitutionnel* avant, du moins, le déboire de ses désabonnemens ! (1) Non, *par la sangué*, non :

---

(1) Du reste, ce *désabonnement*, s'il est réel, et le *Constitutionnel* a l'*ingénuité* de nous dire qu'il existe un *comité* qui, par lui-même et ses correspondances, se voue à cet office universel ; ce *désabonnement*, s'il diminue sa recette, n'en fait pas moins d'honneur au journal ; il prouve que cette feuille, toujours correcte, d'une moralité sévère, et remarquable par la pureté de ses doctrines littéraires, est plus modérée, plus *juste-milieu*, sans être obséquieuse, qu'elle ne l'était autrefois, dans ses doctrines politiques et, peut-être, *extrà*-montaines : mais c'est précisément à cause de ce REVIREMENT, sensible sous le rapport politique du moins, que les abonnés peuvent lui faire la *révérence*, parce que, pour réussir dans ce monde il faut flatter les passions, *jeter de la poudre aux yeux* et, comme on dit, *promettre plus de beurre que de fromage*. Quoiqu'il en soit, le *Constitutionnel* laisse donc, pour le moment du moins, dormir en paix, ou à-peu-près, les voltigeurs, les jésuites et la congrégation. Il est vrai

il faut que chacun ait sa part, dut, la vôtre, à votre tour, en être un peu rognée. La farce est à peine commencée, et, goulus que vous êtes, vous vouliez mettre le holà et trancher ici la question; mais vous n'y êtes pas, et vous avez compté sans votre voisin. Nous nous souvenons, quand ce ne serait que par ouï-dire, de nos frères et amis d'autrefois; et nous ne voulons pas rester en chemin. Apprêtez-vous donc à desserrer le cordon : car, il y en a qui se sont furieusement garni le gousset dans cette bagarre, depuis quarante ans; et quoique le proverbe dise que *charité bien ordonnée commence par soi-même :* cette maxime est trop égoïste, surtout lorsque, ainsi que vous, on est devenu rond comme des boules, au point de ne plus pouvoir desserrer ses gigots; et il est juste que, bon gré malgré, on dégorge plus ou moins au profit de

---

qu'il se vante de les avoir mâtés ou mis au pied du mur. Seulement il lui reste toujours une *dent* contre les *curés* qui sont restés là et, de temps en temps, selon son ancienne *pente,* il veut encore leur inculquer la *tolérance* et la *mansuétude évangélique :* mais ces messieurs trouvent qu'il a bien des bontés de reste; ils sont récalcitrans en diable à ses charitables admonitions; ils ont la tête trop dure, et il aura bien du mal à en venir à bout. (Voyez 2ᵉ vol., page 107, et tous mes articles religieux...) Au demeurant, et en définitive, il faut répéter que le *Constitutionnel* n'aime pas bien tendrement les *curés,* pas plus que la congrégation, et malgré son *amendement* en beaucoup de choses, cette répugnance est un vieux mal : il n'en guérira pas... Mais, dit-il, puisque je les paie, ils doivent charier droit. *Charier droit,* soit. Mais droit ou de travers, il faut qu'il les paie toujours, puisque c'est avec leur argent.

ceux dont le tour est venu et dont la lignée n'est pas mince depuis que nous n'avons plus ni jésuites, ni carmes, ni capucins.

Du reste, au bout du compte, prenez-vous-y comme vous voudrez : vous nous avez mis en goût : nommez gens de gauche ou du juste-mileu, (de droite, il n'en est plus question,) nous arriverons toujours à notre *tu autem* qui est votre finance, et nous jouerons vertement au dégraisseur à vos dépens. Vous l'avez ainsi voulu en réveillant le *chat qui dort* : vous auriez tort de vous plaindre; on vous ferait *hou! hou!* de tout côté.

Quoiqu'il en soit, il dépend encore de vous de vous exécuter de bonne grâce et d'éviter, pour la seconde fois (mais cette fois-ci, ce serait bien un autre tapage,) le grand *charivari*. Allongez donc les pouces avant que force ne nous soit de le recommencer. C'est alors que nous pourrons nous dire réciproquement, nous et vous, vous et nous :

Salut et fraternité.

(Voyez la note de la page 287, commençant par ces mots : *Le salaire direct,* etc.)

REMARQUE ESSENTIELLE.

Parlons plus sérieusement : la proclamation ci-dessus est un badinage, (1) mais peut exprimer quelques réalités, et tout cela veut dire, en bon français (en nous répétant sans doute), que le juste-milieu (c'est-à-dire les notabilités nouvelles,) qui, depuis quarante ans, a poursuivi l'ambition (et il est parvenu à son but,) de supplanter tous ceux qui appartenaient à l'ancien ordre des choses, doit, pour son intérêt et pour sa paix, assumer toutes les obligations que ceux qui composaient cet ordre détruit savaient si généreusement remplir ; c'est-à-dire, qu'il ne doit point céder au leurre décevant de se pavaner dans son triomphe, sans regarder au dessous de lui : car son illusion (et il en a déjà fait l'expérience,) ne serait pas de longue durée. Il doit donc abjurer l'égoïsme auquel il est enclin, et son devoir est de répandre le bien-être à pleines mains :

Spargite manibus munera plenis,

---

(1) C'est ainsi, j'espère, que de part et d'autre, on prendra la chose. Ce *badinage*, bon ou mauvais, mais inoffensif malgré son apparente causticité, est, comme on l'a vu, le ton assez général de cet ouvrage.

au sein des classes nombreuses et pressées qui viennent après lui, et qui lui assignèrent ce devoir, nous l'avons dit, par la RÉVOLUTION de *Juillet* dont, le *lendemain*, elles lui confièrent la direction.

Il est entendu, du reste, que la prodigalité de ses largesses sera, en première ligne, pour la volonté et la capacité du travail. (1)

Mais il y aurait quelque chose de plus efficace pour faire cesser absolument la plainte à laquelle on doit faire droit, et ne laisser le vain murmure qu'à la paresse qui mérite moins d'égards, quoi-qu'on doive travailler à la rompre : ce serait, ré-péterons-nous, qu'abjurant leur *antipathie* et leur morgue mutuelles, les nouvelles et anciennes som-mités de la France se donnassent enfin la main, se confondissent dans une fusion commune, pour la paix et la prospérité de la patrie, ou que tous, en un mot, par des concessions réciproques, in-tellectuelles, matérielles et de juste retour : capa-cités, gauche de toutes les nuances, droite et juste-milieu, devinssent véritablement, avec l'ur-banité requise, frères et amis.

---

(1) Le salaire direct qu'il reçoit et l'allègement, pour lui, des charges pu-bliques qui peut faire modérer ce salaire, sont les deux élémens du bien-être de l'ouvrier.

(Cette note est en extrait du *Constitutionnel* du 22 février 1834.)

N. B. Outre les fautes que j'ai signalées dans mes deux volumes et celles qui ont échappé à mon attention et que je recommande à l'indul-gence, je prie surtout de lire *chaos* partout ou j'ai mis *cahos*.